비옥肥沃, 비옥翡玉

황금알 시인선 305
문학청춘작가회 동인지 7
비옥肥沃, 비옥翡玉

초판발행일 | 2024년 12월 20일

지은이 | 이일우 외
펴낸곳 | 도서출판 황금알
펴낸이 | 金永馥
주간 | 김영탁
편집실장 | 조경숙
표지디자인 | 칼라박스
주소 | 03088 서울시 종로구 이화장2길 29-3, 104호(동숭동)
전화 | 02)2275-9171
팩스 | 02)2275-9172
이메일 | tibet21@hanmail.net
홈페이지 | http://goldegg21.com
출판등록 | 2003년 03월 26일(제300-2003-230호)

비옥肥沃, 비옥翡玉

문학청춘작가회 동인지 7

황금알

뜨거운 여름 그리고 청춘의 문학

올여름의 무더위는 나무늘보의 걸음처럼 더디게 지나갔습니다. 극심한 더위 속에서 저는 달고나 같은 수박과 머리만 한 사과를 떠올리며, 그 더위를 '청춘'에 비유하게 되었습니다. 여름이 길어지듯 청춘도 길어질 수 있지 않을까 생각했습니다.

일흔의 청년들이 논밭을 누비며 여전히 힘차게 살아가는 모습을 떠올렸습니다. 나이가 들었다고 해서 청춘이 끝나는 것이 아니라, 각자에게 주어진 청춘의 시간은 여전히 유효하다는 생각이 들었습니다. 그러다 문득 '문학청춘'이야말로 이런 청춘의 문학이라는 생각이 들었습니다.

여름이 길어지듯 청춘과 문학도 길어질 것입니다. 시간이 쌓일수록 깊어지는 간장처럼, '문학청춘'도 시간이 지나면서 숙성된 맛을 더해갈 것입니다. 제7집 '문학청춘' 동인지의 작품들을 읽으며, 달고나 같은 수박과 사과가 그냥 열리는 것이 아님을 깨달았습니다. 그 속에는 시간과 노력, 그리고 견뎌낸 과정이 있었습니다.

모두가 이 긴 여름을 슬기롭게 견뎌냈기에 열매를 맺을 수 있었습니다. 힘겨운 시기를 함께 견디며 만들어낸 성과는 깊은 의미를 지닙니다. 이러한 시간의 누적이 문학과 청춘의 가치를 더욱 깊이 느끼게 했습니다.

　앞으로도 '문학청춘'은 청춘의 열정과 문학의 깊이를 함께 담아낼 것입니다. 시간이 흘러도 변치 않고, 더 깊어지는 문학으로 남기를 소망합니다. 제7집에 담긴 모든 작품들이 그러한 의미를 품고 있기를 바랍니다.

문학청춘 작가회장 이일우

차 례

시 ──────────────────

수필

김요아킴

1969년 경남 마산 출생

경북대 사대 국어교육과를 졸업

2003년 계간 『시의나라』와 2010년 계간 『문학청춘』 시부문 신인상 등단

시집으로 『가야산 호랑이』『어느 시낭송』『왼손잡이 투수』『행복한 목욕탕』

『그녀의 시모노세끼항』『공중부양사』『부산을 기억하는 법』,

산문집 『야구, 21개의 생을 말하다』,

서평집 『푸른 책 푸른 꿈』(공저)

2014년 『행복한 목욕탕』 2017년 『그녀의 시모노세끼항』 2020년 『공중부양사』가

한국문화예술위원회 문학나눔 우수도서로 선정

2020년 제9회 백신애 창작기금 수혜

한국작가회의와 한국시인협회 회원, 부산작가회의 회장

현재 부산 경원고등학교에서 국어교사로 재직 중

이메일: kjhchds@hanmail.net

The sound of silence*

반백 년이 넘은 나이에
한 세대의 세월로, 훌쩍
아이들이 앉은 교실을 가로지를 때
침묵의 시간은 점점 길어졌다네

바로 내뱉어야 할 말들이
지긋한 눈꺼풀의 속삭임으로, 나지막이
한 번의 여백이 아이들로 향해질 때
차마 그 순간은 깊어졌다네

왜, 그동안
침묵에도 혀가 있다는 걸 몰랐을까

학창시절 교련 선생의 무자비한 폭력 앞에
선임병의 말도 안 되는 꼬장 속에
사회에 나와선 늘 세상이 그런 거라며
점점 길들이는 침묵의 소리를 들었지

한때 세상이 바뀌고

발 없는 말들이 유령처럼 떠돌며
그 침묵의 입술이 달렸을 때, 문득
이 노래가 들렸지

"People talking without speaking
 People hearing without listening
 People writing songs that voices never share"

침 튀는 소리엔 찰진 진실이 탈색되고
제소리만이 자신을 증거하며
남의 말을 들을 귀가 사라진, 여태껏
침묵의 그 깊은 뿌리를 알지 못하였다네

아이들과 함께하는 이 교실, 언제
다시 환하게 빛날 수 있을까 생각해 보네

* 1964년 미국에서 발매된 Simon & Garfunkel의 데뷔 앨범에 수록된 곡으
  로, 시에 인용된 부분은 그 가사의 일부분임.

그 느티나무의 품

단 한 점의 그늘이 아쉬운 교정校庭에
지난 세기말, 마침내
여덟 그루의 뿌리가 대지와 내통했다

팔뚝만 한 나이테가, 일렬로
이식移植의 기억을 지워가며
조금씩 제자릴 찾으려 했다

콘크리트보다 더한 운동장의 횡포로 아이들 무릎 까이는
횟수가 더해간다는 구전口傳이 송곳처럼 날카로웠던 봄날,
지층의 어둠을 뚫고 한 모금 젖줄을 건지려는 팽팽한 몸부
림이 쉽사리 너른 품으로 이어지지 않는, 그래도 버텨야 할
명분을 차례로 호명하는 세월의 으름장 앞에서

벚나무와의 서늘한 경계를 마주하며
눈치만 보던 마지막 너는, 어느새
나를 닮아가고 있었다

한참을 미치지 못하는 밑동 하나는, 벌써

자라야 할 너비만큼을 바람에 내주고
까마귀 떼 대신 한 마리의 참새로 날아올랐다

인색한 학교의 거름은 기약 없고, 여전히
아이들의 연애담과 공 차는 소릴 녹음하며
키 높일 맞추려 안간힘을 쓰는 그림자

품으로 안을 수 없는 세월의 속도에, 유독
숨 가쁜 그 여덟 번째의 그늘이
늦게 티 난다는 유전잘 끝내 붙들고 있는 중이다

꽃으로는 때려라

그 아이의 얼굴을 찾을 수 없어

수업 시간, 모둠과 함께하는
토론실로 향하는 유일한 준비물은
늘 작은 베개 하나

그래도 언젠가는 고개를 들 거야

일말의 희망 저편으로
가로 건너는 한 달간의 기다림은
최소한의 분필을 든 나의 힘

하지만 그 여학생은 꿈쩍하질 않아

화해할 수 없는 두 욕망이 엉키어
출입문을 경계로 폭발해 버린 결과는
병원 진단서 한 장

그때 그 애는 영악하리만치 재재발랐어

복도로 나가라며 잡은 팔의
붉은 자국이 전치 3주로 둔갑하며
소환된 기묘한 만남

그 아이의 아빠는 나와 갑장이었어

서울서 노동운동한다는 그가
사립학교의 한 선생을 수소문하며
작업화 단결 투쟁으로 들이닥친 그 날

마침내 서로의 짙은 오해가 꽃으로 변해버렸어

남겨진 엄마와 혼자였던 날들의
원망이 스스로의 가시가 돼
매번 남에게 끼쳤던 생채기들

기어이 아빠는 한 줌의 눈물로 그 꽃을 대신하였어

김선아

충남 논산 출생
2011년『문학청춘』시부문 신인상 등단
시집『얼룩이라는 무늬』『하얗게 말려 쓰는 슬픔』
제3회 김명배문학상 수상
2023년 한국문화예술위원회 문학나눔 우수도서 선정

이메일: treeksa@daum.net

비옥肥沃, 비옥翡玉

하늘 귀퉁이 파고 물 한 모금 심었던가, 미인의 뼈마디랑 핏줄도 함께 심었던가, 오장육부도 군데군데 심고, 하염없는 눈빛은 향신료처럼 아주 살짝만 뿌렸던가,

하늘이 무척 비옥肥沃해졌던가.

미인의 눈에만 깜깜한 우주의 온몸에 흐르는 반짝이는 물길 보인다 했던가, 투명한 뼈마디로 줄사다리 엮어 보슬보슬 내려왔던가, 얼비치는 실핏줄을 머리칼처럼 살살 빗어 내렸던가, 잎맥 가지런해졌던가, 오장육부로 끝말잇기 하다 도저히 이어갈 수 없는 도단道斷의 경지일 때, 새하얀 목련이 말길[言路] 텄던가, 물길 냈던가,

미인의 꺼풀 없는 눈매처럼
봄비 내렸던가,
비옥翡玉이 내려왔던가.

사하라와 낙타

사하라 사막은 물고기비늘형 무늬를 가졌다.

낙타의 넓적한 발바닥에도 그 무늬 빽빽이 박혀 있다. 사하라의 갈증도 태양도 샌드바이퍼도 한 점씩 뜯어먹기 좋게 그 발바닥 무늬 쩍쩍 갈라져 있다.

그 때문일까, 온몸은 화염처럼 붉지만 속내는 푸르다. 푸르러 수맥 찾는 솜씨 빼어나다.

갈증의 군락지 사하라에서, 낙타는 제 자신을 위해 한 방울의 물도 갈망하지 않는다. 다만 모래폭풍 같은 사투는 단봉으로 방어하고, 물길은 오로지 오아시스 쪽으로 몰아갈 뿐이다.

드디어 오아시스다. 사하라와 낙타가 서로를 향해 무릎 꿇는다.

낙타는 발바닥 비늘무늬마다 고장 난 수로 없는지, 묻는다. 단봉아, 너도 괜찮지? 수맥 찾을 채비 다시 하느라 무릎 세우면서 긴 속눈썹으로 그렁그렁 묻는다.

그 개

그 개를 만난 것은 조캉 사원 앞이었다. 다리 하나가 없었다. 한 걸음씩 걷다, 기다, 앉았다를 반복하고 있었다. 오체투지를 하고 있었다. 붉은 소시지를 몇 개 놓아 주었다.

사원 순례를 마치고 다시 그 자리에 가 보았다. 소시지가 그대로 남아 있었다. 먹기는커녕 거들떠보지도 않은 것 같았다. 다만 고산증으로 헐떡거리는 내 날숨과 들숨 눅어질 때까지 꼬리를 흔들어 주었다. 내가 살짝 웃을 때까지 흔들어 주었다.

민창홍

충남 공주에서 출생
1998년 계간『시의나라』와 2012년『문학청춘』시부문 신인상 등단
시집으로『금강을 꿈꾸며』『닭과 코스모스』『캥거루 백을 멘 남자』
『고르디우스의 매듭』『도도새를 생각하는 밤』
서사시집『마산성요셉성당』, 산문집『보여주는 노래
경남문협우수작품집상, 경남 올해의 젊은 작가상, 경남시학 작가상,
창원시문화상, 옥조근정훈장
2015 세종도서 나눔 우수도서에『닭과 코스모스』가 선정
계간『경남문학』편집장 및 편집주간, 마산교구가톨릭문인회,
민들레문학회, 문학청춘작가회, 마산문인협회 회장,
성지여자고등학교 교장을 역임
현재 경남시인협회 부회장, 경상남도문인협회 회장으로 활동

이메일: changhongmin@hanmail.net

아르부르드 커피숍

텅 비어있는 사막의 이층집
첼로의 선율이 비늘처럼 반짝이다 출렁거린다
바다

빛에 그을린 검고 투박한 커피잔
새하얀 구름 삐끔 담긴 소녀의 인사
낯선 풍경에 풍덩 빠진다

엄마 몰래 화장을 하고
소 몰다 부끄러워하던 초등학교 짝꿍
염소 끌고 가다 마주쳤을 때처럼

문득 유리창 박차고 나서고 싶은 마음
낙타는 벌떡 일어나 성큼성큼
바다를 걷는다

아버지를 돕는 일은 커피를 갈고
뜨거운 물 부어 김을 내는 일
그래서 낙타의 목줄 꼭 쥐는 일

통유리 밖 흰색의 풍선들 모래산 오르고
줄 서서 애타게 부르는 행렬
찡그린 눈동자 속 햇빛이 옹알이한다

쌍봉낙타에 오르는 젊은 남자와 여자
날아가 버릴까 꼭 안고
부표처럼 떠 있는 소녀의 눈동자

밤새 창문 흔들며 내린 비
하늘은 커피 향을 부르고
간절한 눈빛으로 사랑을 확인하는 여자의 손은 희다

무심히 떠가는 구름 속 말과 양 떼
붉은 벽돌집에 앉아 바다를 젓는다
설탕이 달라붙지 않는 사막의 바람

* 몽골의 미니 사막

독수리의 눈

7.0의 시력을 가졌다는 독수리
나의 눈은 0.7
그것도 안경의 도움을 받는다

나이가 들어서인지 책을 보기에도 침침하다
겁먹을 필요는 없어
선회하다가 사막의 뱀을 낚아챌 때
지혜의 문장을 읽을 수 있었으니

공중에 일자로 늘어진 뱀의 자포자기
안경이 막아주고 있으니 다행이야
노안이 왔구나

20킬로의 독수리가 팔에 얹어졌어
균형을 잡는 발톱이 팔을 조여 왔어
피가 통하지 않아도 웃음 지었지
내가 견디어야 하는 삶처럼

덩치가 얼마나 큰지

날개를 펴보라고 세상을 품어보라고
주문 아닌 주문을 하고

그래, 그대와 함께라면 행글라이더가 되는 것도
괜찮지, 여기까지 왔는데
나도 모르는 용기, 본능인가 봐

동그란 눈동자 주인의 손짓에
자연의 위대한 시집詩集 날개를 펴고
검은 우산 속 작아지는 얼굴

앉아서 천 리를 바라본다

물에 대한 기억

고무 대야의 물로 어린 새가 떨어졌다
무엇인가에 쫓기고 있는 것일까
뛰어, 뛰라니까
날아 봐, 날아 보라니까
담장 나뭇가지에서 마중물 기다리는 녹슨 펌프 향해
죽지 않으면 까무라치겠지
폭염 속 계곡은 투명 유리 같았고
나무 그늘 사이로 비추는 햇빛 콕콕 찌르는 친구들
물웅덩이는 벽처럼 아프게 끌어안았다
손바닥 위에서 새의 심박수를 듣는다
머리가 하얘지도록 입안 돌아 나오는 물
무엇인지 모를 두려움이 쿵쾅거리고
추위가 몰려와 떨고 있었어
담벼락 위 날아다니며 짖어대는 어미 새
수건으로 물기를 닦는 동안
정지된 듯한 호흡의 끈으로 눈을 감고
나무 그늘에서 숨 고르니
살았어, 살아났네
낭떠러지로 풍덩하던 물의 파편들

수면제처럼 졸음이 밀려왔다
부채 바람으로 체온을 넘기며
천지신명께 밤마다 올리던 정한수 한 사발
마르고 닳아서 빈 하늘 덩그러니
장독대에 정성껏 올려놓는다
뜨거운 햇빛은 물에 대한 두려움 증발시키고
조금씩 발을 떼는 곳마다 찍찍 찍찍
장독대를 벗어나지 못하는 날갯짓
안쓰럽게 바라보는 눈빛도 다시 놀라고
나무 울타리에 올려놓는다
어미 두 마리 나뭇가지 흔들며 소리치고
짖어대는 소리로 살아있음을 확인하는
어머니, 눈물이 난단다

엄영란

2012년 『문학청춘』 시부문 신인상 등단
시집 『장미와 고양이』

이메일: yran0624@hanmail.net

11월의 장미

11월, 장미가 피었다
교회 종이 울린다
바람에 가지가 가시를 달고 흔들린다
기도 소리가 꽃 갈피마다 붉게 앉는다

11월의 장미가 피었다
길 잃고 헤매는 것을 데려왔다는 강아지는
낯선 사람도 짖지 않고 마당을 가로세로 뛴다
방울 소리가 기도 소리보다 더 크게 울린다
부슬부슬 비가 내린다

11월, 장미가 피었다 꽃그늘이 서늘하다
제 것을 잃어버린 것들은 서늘하다
꽃잎 사이사이 강이 흐른다
붉다 못해 검은 저것

붉음이 사라진 11월의 오후
나는 미지근한 햇살을 쏘이며
그저 흔들리는 장미 아래 있다

구인사 가는 길

햇살이 화살처럼 꽂힌다
기도하는 손처럼 잎들이 미동도 하지 않는다
햇살에 꿰인 바람은 어느 곳에서 무너졌는지
구인사 올라가는 길이 화형 장이다
바람 한 점 없다

그 속으로 나를 밀어 넣는다
입이 마르고 얼굴이 달아오른다
어디쯤 하늘이 있는지
쳐다볼 염도 내지 못하고
한 발짝, 한 발짝 골짜기를 오른다

산과 길의 경계에 서 있는 나한 같은 바위를 만난다
분홍으로 늘어진 배롱나무꽃들을 만난다
그 밑에 보랏빛 꽃을 피워 올린 개미취를 만난다

바위 사이를 흘러온 약수에 목축이는데
매미들의 독경이 떼창으로 들린다

같이 노닐다 열반에 든
목숨이라도 있는가

오르고 오르는 다리의 무게가
한 생의 무게 같다
아무렇게나 흙 위에 털퍼덕 주저앉아
지친 다리를 앉힌다

꽃무덤

퇴근하는 길 흰 꽃무덤 하나 만났지요
내 눈은 거기에 묻혀 버렸지요
가야 한다는 걸 잊은 채
한참을 그곳에다 나를 묻었지요
나비 한 마리 허공을 맴돌다가
나비인지 꽃인지도 모르게
그 속으로 사라졌지요
문득 산다는 건
느닷없이 꽃무덤 하나 만나는 일이라 생각했지요
꽃무덤 속에 갇혀 꽃에 취해 허우적대다가
한 생이 끝나는 일이라 생각했지요
어느 날 바람 불어 꽃 지고 나면
그 무덤 어디에도 없고
그 안에 나를 가둔 건 나였을까요?
꽃이었을까요?

유담

2013년 『문학청춘』 시부문 신인상 등단
문학청춘작가회 초대 회장, 한국의사시인회 초대회장
서울의대 및 同대학원 (의학박사), 한림의대 교수
제1회 문학청춘작가회 동인지 작품상 수상
시집 『가라앉지 못한 말들』 『두근거리는 지금』 『글 짓는 의사들』 등
산문집 『늙음 오디세이아』 『의학에서 문학의 샘을 찾다』 등
현재 의학과 문학 접경 연구소장, 쉼표문학 고문,
한국의사수필가협회 회장, 씨엠병원 내분비내과 과장

이메일: hjoonyoo@gmail.com

시선의 졸음

만나기만 할걸
공연히 내민 눈길이 동티로 돋아
눈 들고 간다
머뭇거린 만큼 더 어긋나 돌아오는
한낮
카페 모차르트가 졸리고
골목이 졸리고
거리도 졸려
눈 치켜뜰 곳 찾아간다

졸음에 빠져드는 눈초리를 가까스로 움켜쥐고 눈썰미 움
찔 우려내는 커피처럼, 두어 방울 기억으로 갈증을 축이며
비늘 푸른 시선들 펄떡이는 일산 호수공원으로 간다

호숫가 낡은 등걸에 하얗게 앉은
뙤약볕에 지친 이름뿐인 각성들
물 위에 흘러가는 구름 속에 꽃잎 속에
더러 새소리 속에 드디어 울렁거리는
저 노을 속에

귀얄 담그듯 덤벙 헹구어 낸
붉게 저무는 졸음

정기검진

살아간다는 건
하나씩 둘씩 둘씩 셋씩
병의 개수가 꾸준히 늘어간다는 것이다

그 꾸준함을
적당한 길이에서
세어보는 일

엿치기하듯
툭 끊어
바람 든 구멍 셈하는 일

늙어간다는 건
버름버름하면서도 함께
병도 늙어간다는 것이다

그 늙음을
적당한 길이마다 끊어
나이 매기는 일

무 밑동
서걱 베어
바람 들어 맥없는 구멍에
하나씩 둘씩 셋씩
나이 매기는 일

스케이트를 틀다

시청 앞 분수대 터라고 해야 더 잘 알아듣는
수십 년 종종걸음들이
스케이트를 신고 축음기 위에 오른다

지치는 속도대로 바람이 갈리고
바람 따라 음표도 조 바꿈을 한다
몇십 년 얼어있던 분수가 하늘로 솟구치며
노래가 돌아간다

시계 반대 방향으로 돌아야 안전하다
노래도 거꾸로 들어야 부르기가 순하다
눈 내리고 낙엽 지고 소나기 퍼붓다
꽃이 피고 싹이 돋는다

쌓인 두께만치 추억이 미끄러져 돈다
이미 새겨진 트랙을 따라 도는 바늘
깊게 패인 생채기에선
끊임없는 딸꾹질, 명치가 시큼하다

날 세워 딛는 걸음은 훨씬 더 조심스러워
들뜬 높이만큼 구푸려야 마음먹은 대로 달린다
소나기 얼어 꽃 피는 소리
얼음 들판 서성이던 달빛이 일구는 바람 소리

새롭게 듣고 거꾸로 도는
종아리가 뻐근하다

손영숙

2014년 『문학 청춘』 시부문 신인상 등단
시집 『지붕 없는 아이들』 『바다의 입술』
제5회 『대구문학』 올해의 작품상 수상
제4회 문학청춘동인지작품상 수상

이메일: sys267@hanmail.net

바다 위 독립문

바윗돌로 굳어진 그대

한반도 남단
점점 흩어진 어린 섬 사이로
두 다리 불끈 물 밑에 숨기고
탑 한 채 불쑥 물 위로 내밀었다

돌 속의 그대
예나 지금이나
파도와 바람 속에 힘겨운 홀로서기

아린 역사 온몸에 주름으로 새기고
가슴팍에 구멍 뚫어 물문 열고
한반도 그 품에 온전히 안았다

층층이 받든 탑신 사이로
켜켜이 뜨거운 상처 붉게 피는 홍도

몽돌해변

옹색한 해변 한 녘
줍고 싶은 돌도
버리고 싶은 돌도 없었다
그 자리에 있어 더 아름다운 모습
서로 부딪고 뒤엉켜 생긴 상처
물결이 다가와 씻어주고
달빛이 내려와 품어주고
아픔도 슬픔도 잘 자라
저렇게 둥글어지려나

양민주

경남 창녕 출생
2015년 『문학청춘』 시부문 신인상 등단
시집 『아버지의 늪』 『산감나무』
수필집 『아버지의 구두』 『나뭇잎 칼』
원종린 수필문학상 작품상, 경상남도문인협회 우수작품집상,
김해문인협회 우수작품집상

이메일: yamjng@naver.com

신호수

    햇볕에 시든 나무다 붉은 등에 하얀 이름표를 단 나무다 힘없는 호루라기 소리에 육중한 버스의 바퀴가 멈추자, 사람들은 발걸음을 재촉한다 걷는 사람 그의 아버지는 나무가 되었다 휘파람새처럼 휘리리리 휘리리리 휘리리리 소리 내는 나무가 되었다 그는 먼 산을 바라본다 아버지는 등산 배낭을 메고 아침에 집을 나갔다 산은 저 멀리 있는데 당신 있는 곳이 산이라 우기며 나무 이름표를 달고 있다 인파 속으로 호루라기 소리 멀어져간다 복날 바람 한 점 없는 거리.

벙어리 산이 한 줄 행간으로 꾸짖네

  우뚝 솟은 코만 보면 산이 귀머거리인지 모른다 듣지 못하는 산이 말할 수 있다니 입도 없는 산이 말할 수 있다니, 울룩불룩한 한 줄 행간으로 말한다 바위 같은 눈을 부릅뜨고 푸른 수염으로 나를 꾸짖는다 잘못도 없는 나를 꾸짖는다 마음을 고요히 가지라며 고요한 마음을 가지라며 잘못한 나를 꾸짖는다 고요한 가슴에 파문을 일으킨다 나는 시지프스를.

수진

2015년『문학청춘』시부문 신인상 등단

이메일: soojin372@hanmail.net

늙은 엄마

어느 조그마한 암자에
늙은 어머니를 부처님처럼 모시고 사는 스님이 있었지요
눈멀고 귀먹고 코만 멀쩡한 늙은 부처는
커피 향을 좋아했지요

삼시 세끼
"아이 좋아, 커피가 와 이리 좋노!"
커피 좀 거르는 날엔
"신님 커피 주소, 와 안 주노, 어디 갔노?"

더듬더듬 마당에 나가
어렴풋이 스님이 세워두었던 차를 향해
콩 자갈 한 줌 힘껏 와르르
애마愛馬가 울지 않는 날엔
우두커니 마당귀퉁이에 장승이 되고
후드득 애마의 비명에
커피가 없어도 빙그레 두 볼엔 복숭아꽃 피우지요

그 미소에 반한 스님

유리창이 쩍 갈라진 차를 타고 다녀도
하나도 이상할 게 없는 집에선
날마다 새로운 동화를 쓰고
옥양목 이불 홑청
애기똥풀 노랗게 굽이굽이 구십 고개에 친 산수화가
스님의 가슴속엔 영원한 명화名畵로 남겠지요

찻잔 가득한 마음

보랏빛 창포가 흐드러진 봄날
차茶의 대가大家라는 칭호를 받은 기념으로
현지에 거주하는 귀한 벗으로부터
백차 중에 으뜸인 백호은침白虎銀針 한 통 선물 받았다
은 바늘이라고도 표현할 만큼
여리고도 하얀 솜털이 보송보송한
꽃같이 어린잎 차다

어쩌다 들린 현지에서 눈독을 들이다가도
통장 잔고가 달랑거림도 망설이게 하는 이유지만
엄마만 진짜이고 다 가짜라는
중국 속담이 생각나 냉큼 집어 들지 못하던 차다

귀한 차는 만나기도 어렵지만
함께 음미할 벗 또한 만나기도 쉽지 않다

팽주烹主를 하다 보면
처음인데도 뼛속까지 차인[茶人]을 만나 감미로움에 취하기
도 하고

커피 향에 길들인 젊은 친구를 만나면 정담에 취하기도
한다

어느 벗을 만나든
작고 조그마한 찻잔을 두 손으로 받쳐 드는 것은
상대를 가벼이 여기지 않는다는 뜻일 것이다

이일우

전북 무주에서 출생
서울교육대학, 가천대 국문과 졸업
2016년 『문학청춘』 시부문 신인상 등단
시집 『여름밤의 눈사람』
제3회 문학청춘동인지작품상 수상

이메일: ridssyong@hanmail.net

참꽃 13

꽃 속에 꽃이 있다

해바라기 하다
달맞이하다
볼우물 피우는

그 꽃 보며

꽃이 꽃 멀미를 한다

참꽃 14

꼭꼭
숨어도 소용없어

수술만 흔들려도
다 알아

참꽃 15

턴다
털리다가 더 맞다

봄바람인가

죄짓고 싶어
문 다 연다

곽애리

1959년 강원도 평창 출생
1985년 미국 뉴욕으로 이주
2017년 『문학청춘』 시부문 신인상 등단
시집 『주머니 속에 당신』

이메일: songbirdaelee@gmail.com

몽골의 비

먼 능선 바라보는 어린 새의 눈이 되어
달려도 끝이 없는 광야에 숨죽인 나그네

마른풀에 코 박은 소떼들의 느린 여름 아래
뭉게구름 꿈으로 내려앉은 게르

네모난 쪽문을 열고 들어가
원통 대나무살 위로 뚫린 하늘 창 바라보다
쇠 화로에 장작불 지피면
타다닥 타다닥 불꽃울음
운율의 기도가 하늘에 닿았을까
초원에 비는 내리고
행신行神*도 오락가락 젖은 비에 몸을 뒤척이는데
내 영혼은 제 그림자 찾아
연기되어 창을 통해 빠져나가고
누구도 모르는 이 땅 마루침대 위에 붙박이로 누워
몸을 태워 혀 위에 펼쳐 보는
아직, 익지 않은 꿈

여기서부터...... 멀다. 칸칸마다 밤이 깊은 푸른 기차를 타고 대꽃이

　피는 마을까지 백년이 걸린다.*

* 행신(行神)- 나그네의 길을 지켜주는 신령.
* 서정춘 시인의 시 「죽편」에서 퍼옴

피리 속의 페루

들리나요 노래가

쿠스코 석축 아래 새털 왕관을 쓰고
이마에 붉은 매듭 띠를 맨 사나이
통곡하는 새의 노래
콘도르칸키*의 떨어져 나간 뼈와 살점이 몸피리가 되어
피투성이로 넘치는 우루밤바강의 비명 소리가
절벽 바위산을 넘어 오래된 봉우리에 퍼지는 엘 콘도르
파사El condor pasa

소리에도 혼이 있나 봐요
영혼을 도둑맞고 심장을 움켜잡은 사람들의 손을 봐요
고향으로 가게 해달라고 부르던 인디오 새의 노래 들으며
본향으로 돌아가는 사람들

보이나요 노래가

길게 땋은 소녀의 댕기가 번개칼창에 잘려나가고
놀란 소와 말의 피가 튀는 붉은 마을

유칼립투스 향을 넣어 빵을 굽던 할머니의 손가락에 꽂힌
화살촉

소리에는 마법이 있네요
마추픽추 계단에 주저앉아 귀를 열고 칼날에 쓰러진 시간
바라보다
저승까지 몰래 다녀와
겨드랑이에 새털을 달고 저마다 콘도르 등에 올라탄 사람
들을 봐요

들리나요 노래가

잉카의 흔적을 떠나려는 발길에
귀를 막아도 눈을 감아도 고개를 흔들어도 귀신이 되어
발목을 잡는
끝없이 들려오던 젖은 물의 노래에 지쳐 쓰러진 사람들
입에서
풀꽃으로 피어나는 노래가

싸움도 전쟁도 피도 울부짖음도 통곡도 이제 제발 그만

비탄의 노래가 나팔을 타고
눈물을 닦아주다 꽃으로 피어나는
붉은 칸투아* 꽃이 된 피리 속에 페루

페루는 외마디 함성이었네요

* 콘도르칸키: 투팍 아마루 2세라고 불리는 호세 가브리엘 콘도르칸키
  (1742~1781), 스페인의 페루 통치에 맞서 항쟁을 이끌다 처형당한 지도
  자.
* 칸투아(Cantua): 잉카의 꽃, 성스러운 꽃으로 불리며 페루의 나라꽃(國花)
  이다.

김연순

2018년 『문학청춘』 시부문 신인상 등단
제30회 경기여성기 · 예경진대회 시부문 우수상
제2회 『(市.詩)가활짝』 장려상 수상
한자끝장 김쌤 YouTube 크리에이터

이메일: freshkys@naver.com

원미동이 환해요

시장 한쪽 모퉁이 고양이꽃집에 바람 부는 봄날 아침

원미동 하늘에도 진달래꽃 바람이 불어요

동네방네 이야기는 봄바람처럼 이사를 다니나 봐요

태풍에 쓰러진 어린 등나무 그림자를 안고 갈라진 몸을
바람에 눕히며 노란꽃 피우는 채송화

늦깎이 공부에 신바람 나서 지나간 시간을 밀어 올리며
발등에 붉은 꽃 피우는 맨드라미

바다 건너 중동에서 사막의 길을 닦다가 마른 나뭇가지에
대문이 파란집을 지은 회화나무

무릎마디에 옹이가 박힌 분꽃도 바람의 등에 업혀 원미동
글쓰기 반에 세 들었어요

언제부턴가 시장 사람들은 우릴 보고 넓은 이마를 가진

나팔꽃 같대요

　시를 짓고 귀를 열었을 뿐 우리는 그냥 한 송이 꽃이 되어요

　세상에 흔들렸던 어깨, 굽은 등, 갈라진 발뒤꿈치 글쓰기 반에서 모두 그 상처를 어루만져요

　장미연립 벽에 기대어 피어나는 제비꽃 발걸음을 닮아가요

　골목길을 달리는 세발자전거 바퀴 소리처럼

　철컥철컥 우리들의 이야기가 골목길 담장에서 웃음으로 피어나요

　채송화도 맨드라미도 봉선화도

　까만 씨방으로 영글어 톡톡 터져나가요

일기장

자전거 바퀴처럼 가을 햇살이 따뜻하게 굴러가던 어느 날
너는 바람으로 우리에게 왔단다
꼬물거리는 손가락, 물에 젖은 몽돌같이 빛나던 발뒤꿈치
모든 것이 눈부시고 가슴 설레던 날들이었다

그때부터 우리가 짓고 있는 남쪽 창문의 집엔
봄이면 아침 햇살이 창가에서 너의 발등을 비춰주고
여름이면 배롱나무 가지마다 새들이 날아다녔다

비바람에 담장이 무너져 그림자 질 때도 있었고
무너져 금이 간 담장을 다시 세우기도 했지
그 모든 시간들은 태풍에 기운 나무를 세우는 것만큼 힘
든 날들이었다

그 속에서 자라며 반짝이던 너는 맑은 하늘이었다
다시 정원에 후박나무를 심고

10월의 어느 날, 눈을 뜨고
창밖을 보니 후박나무 잎사귀처럼 너도 싱싱하게 자라있

었다

너는 나무, 우리는 흙
우리가 짓고 있던 집은
비바람을 막아주는 가족이라는 일기장이었다

너도 이제 새로운 가정을 꾸미는 새날에 섰으니
맑은 하늘과 라일락 향기가 가득한 정원을 가꾸고
웃음꽃 피는 가정이 되기를 우리는 기도한다

사랑한다
우리 큰딸 강윤미!

박언휘

경북 울릉군에서 출생, 경북대학교 의과대학을 졸업
2019년 『문학청춘』 시부문 신인상 등단
저서 『박언휘 원장의 건강이야기』『내 마음의 숲』
『미래를 향하는 선한 리더십』『안티에이징 명인 박언휘 의사가 들려주는
안티에이징의 비밀』『청춘과 치매』
『세상을 바꾼 여성 리더십』 외 다수
시집 『울릉도』
동아일보가 선정한 전국 100대 명의(2018년),
대한민국 사회봉사대상(2009) 및 올해의 의사상,
제8회 국민추천 의료봉사 대통령 포장(2019),
자랑스런 대구시민대상(2019), 장영실 과학상, 국회의장 표창,
보건복지부 장관상, 환경부 장관상, 대구시 수성구 자랑스런 시민상, 자
랑스런 울릉군민상, 자랑스런 장애인회대상, 자랑스런 경북대인상
현재 박언휘 종합내과 원장, 한국노화방지연구소이사장,
박언휘 슈바이쳐 나눔재단이사장, 한국보훈정책연구소 이사장으로 활동

이메일: odoctor77@naver.com

울릉도 어머니

울릉도는 나의 어머니
어린 시절 파도소리 철썩임으로
바다 너머 넓은 세상 꿈꾸며
푸른 가슴 푸른 노래 불렀네
어머니 부르면,
그리운 울릉도
처음도 없고 끝도 없는 나의 사랑
영원한 나의 어머니

울릉도는 나의 어머니
시집가던 날 손 잡고 하시던 말씀
행복하여라 잘살아야 한다
파도소리 되어 지금도 들리네
어머니 부르면,
그리운 울릉도
처음도 끝도 없는 나의 사랑
영원한 우리의 어머니

* 노래를 위한 시

고향의 동백꽃

거센
해풍 속에서도
차가운 눈발 속에서도
피어나는
사랑스런 울릉도 동백꽃

세상 풍파, 모진 고통
다 이겨 내자고
밤새 다짐하던 꽃망울이
꼬옥
다물었던 입술 벌리면
붉은 꽃잎 사이로
눈물 젖은 노란 꽃술이
치아를 드러내며 웃는다

비린내 베인 아낙에게
희망을 보태 슬고
하얗게 짠 소금 묻어나던 아이에겐
용기를 부으며

강인함을 더해주던 동백꽃

오늘은
멍든 가슴 안은 채
눈시울 적시며
님 떠난
육지만 바라보고 있다

하
염
없
이

이우디

2019년 『문학청춘』 시부문 신인상 등단
시집 『수식은 잊어요』
열린시학상 수상
2020년 한국문화예술위훤회 제주문화예술재단 창작지원금 수혜

이메일: lms02010@hanmail.net

인포데믹스* 위반하기

사라지기 위해 존재하는 순간은 감미롭다
순간의 기억은 시간이 갈수록 에로틱한 바람으로
사라진 것들은 활짝 핀 아름다움으로

꽃보다 당신이 야기되는 이유

환상을 걸어 나온 애무와 착각을 오해한 절정과, 나는
자유의 깃발 펄럭인다
실수는 없다는 듯 나는 나를 강제한다

공유한다, 한시름의 성지

꽃대를 지나온 루머와 흩어지는 꽃잎의 의미 검색한다
코로나를 위한 코로나가 전시한 폐기되는 꽃들과
에로스 정면에서 소비되는 얼굴들과

광기에 차서 전염을 전념하는 입술의 스무드한 심연

정체불명의 전쟁과 평화 잘 모르게 된 삶과 죽음

대칭이면서 대칭은 아닌 비대칭이면서 비대칭은 아닌, 나
는
시작이 마지막인 듯 사이가 없다

나는 나를 중단한다

무능에 매혹된 이 세계 더 무능해질 때까지
해석은 당신 몫
시험에 들지 않는 것은 내 몫

벌거벗은 오늘 그 상냥한 바깥에서

* 인포데믹스: 악성 루머나 왜곡된 정보가 전염병처럼 퍼지는 현상

멜랑콜리아 지구

다르다 조금 다르다 병이다 병은 아니다

다만 검고 쓴 기질이다 저항한다 아니 아무것도 하지 않
는다

사소한 나와 거창한 자유는 아주 다르지만

식어버린 정열은 기대한다 기대하지 않는다

쾌감이거나 우울 숙면이거나 불면

그림자가 쿨럭거린다 더 많은 그림자가 쿨럭거린다

나다운 나가 우리다운 우리가 사라진 거기 어디쯤

우크라이나거나 가자지구거나 찬성할 수 없는 합리화에
귀를 여는 1%의 가늠

평화는 옵션인가

입술이 붉다 말들이 타들어 간다

누군가는 종말을 고하고 누군가는 샴페인을 터트리지만

내가 되지 못한 나는 산송장, 다만

꿈에서 탈락한 삶은 우리가 사라진 꿈속의 꿈은

가능한 한 대체로 맑다

지구여 그대 세상이여 기어이 종언할 것인가

고흐의 해바라기*

이미 리뷰한 업그레이드된 버전이다

몽실한 구름 미소 대여 햇살의 광기 차단
흥분한 연인의 마음 모서리 당도한

당신의 그윽한 눈빛처럼
금빛 깊어진 영원처럼

아를Arles에 매혹

블루 향연으로의 초대에 빛나는 눈망울은
경쾌한 자극

저 건드림은 불멸의 등댓불이다

당신이 터치한 나처럼
당신 눈빛 하나로 외롭지 않은 아이처럼

당신과 다시 당신 사이

당신의 여자

노란 불꽃을 출력한다

변신은 무죄
싱싱한 피로 변한 꿈빛이 파랗다

* 빈센트 반 고흐의 1889년 1월 해바라기, 암스테르담 반 고흐 미술관 소장.

김영완

1967년 전남 나주 출생
2019년 『문학청춘』 시부문 신인상 등단

이메일: duddhks5820@naver.com

밴댕이

내 몸속 깊은 바다에 물고기 한 마리 산다
꿍한 속내 아가미로 내뱉지 못한 언어를 숨긴
속이 꽉 막힌 6월의 밴댕이 한 마리

섭섭한 마음 털어 버리지 못하고
사소한 시빗거리 뒷지느러미에 매단 채
꾹꾹 삼켜버린 가슴앓이
오랜 침묵은 바다를 멍들게 하고
그물에 걸린 파도는 앞을 보려 하지 않는다
먼바다로 나가지 않으려는 밴댕이는
울컥울컥 올라오는 뜨거운 용암 덩어리를 피해
어부가 흘리고 간 오래된 먹이만 골라
이곳저곳 입질만 한 채 바다를 어지럽힌다
엉클어진 바닷속의 뒤틀린 밴댕이
시간이 길어질수록 귀를 닫는다
숯검댕이로 채워진 바다
그 바다에 태양이 던져지면
밀물에 섞여 들어오는 독주에
쓸데없이 몸집만 더 크게 부풀리는 부레

바다는 쉽게 놓아주지 않는다
어쩌면 생이 끝나는 날에서야 자유로워질
소갈머리
오늘도 내 몸속에는 밴댕이 한 마리
바닷속을 헤엄치고 있다

욱이 형

금성산 달 밝은 밤에
헌 종이 옆에 차고
아랫배에 힘을 줬더니
뿌지직 내 똥인가 하노라

그 옛날 나에게
처음 시를 가르쳐 주었던 사람
항상 웃고 있었지만
그냥 가을 같았던 사람

손 내밀면 닿을 것 같은
붉은 달이 그리워
다시는 타지 않겠다던
참치잡이 배 타고
저 멀리 시 낚으러 떠난

내 사촌 욱이 형

김종식

2020년 『문학청춘』 시부문 신인상 등단

이메일: windkeeper19846@hanmail.net

잔디의 잠

묘원에 누워 잠이 들었다

잔디 순이 등을 간질이는가 싶더니 옆구리를 휘감아 땅속
으로 끌고 간다 이제 모가지만 남아, 아, 야야! 소리를 질러
보지만, 허둥거리는 늪이 되어 꺼져간다

입안에서만 맴도는 외침, 아직 내 자리도 만들지 못했어
요 속말이 되어

내 귀에만 속삭이고 있다
사라져야 살아나는 말처럼 삼키고 꾹꾹 누르자

지워졌던 말이 돋는다 말은 어둠 속에서 웃자라 내 몸을
뚫는다 나는 잎이 되고 뿌리가 된다

누군가 두드리는 소리가 들린다
푸른 말들이 사각에 부딪힌다. 어디서 왔는지,

기어코 나를 꺼내려는 자 누구? 달력을 무시하는 날짜들,

청산할 목록이 끈질기게 사각형의 기억*을 물어뜯는다

뚜껑은 들썩거리지만, 열쇠는 내 손에 있다 아직

때가 아니에요! 나는 잔디이므로,
뿌리는 견고하고 뚜껑은 열리지 않는다

* 송찬호 시인의 시

안구 마우스로 쓰는 시
— 2060년쯤에

침대에 붙어 지낸 시간이 오 년이나 되었네요

오십 년 같기도 하고 어젯밤 같기도 하고요

근육 수축 증상이 기관지까지 오는 바람에 영양 관을 삽입하고 나서야 중환자실을 벗어날 수 있었지요

인공호흡기로 인해 후각은 약해져 가지만 청각은 점점 예민해져요

근육이란 근육은 다 말라버리고 뼈 가죽만 남은, 이 모습이 우습네요

그나마 웃고 우는 표정을 지을 수 있다는 게 어딘가요

더 이상 연명 치료는 안 할 거예요

천사 가족들 덕분에 기적 같은 하루하루를 보내며 여기까지 왔으니까요

지금은 눈으로 이 글을 쓰고 있어요

안구 마우스로 초점을 맞추어 한 자 한 자 쓰는 데 힘이 드네요

눈에만 힘을 주고 자판을 뛰어다니다 보니 단춧구멍 눈이 토끼 눈처럼 커지며 빨개졌지요

시신경을 잡아주는 근육이 조금만 더 버텨줬으면 해요

공중에 매달아 놓은 자판의 자음과 모음에 초점을 맞추지 못하면 내 속에 생각이 있다는 걸 보여줄 방법이 없잖아요

표정으로 소통하는 건 단순 현재진행형밖엔 안 되잖아요. 나의 진짜는 과거에도 있고 미래에도 있는데

초점이 자꾸만 흐려지고 있어요. 말수를 줄일게요

내 속을 몰라, 속이 터져 나갈 천사들을 위해 마지막 근육을 아껴둬야 해요

전병석

2021년 『문학청춘』 시부문 신인상 등단
시집 『그때는 당신이 계셨고 지금은 내가 있습니다』『구두를 벗다』
『천변 왕버들』『화본역』『우리는 한 번도 초라하지 않았으니까』
현재 경서중학교 교장

이메일: jbs37@korea.kr

모두 어디로 갔을까

감꽃처럼
세월이 떨어진 외딴 마당에

눈을 꼭 감고
무궁화꽃이 피었습니다

술래는 감나무
돌아설 수 없습니다

배를 곯아 감꽃에 걸려 넘어지던
친구들은 동구 밖 하늘에 숨었습니다

이번에는 당신이 술래

무궁화꽃이 피었습니다
눈물을 꼭 감습니다

머리가 보이게 숨은 외로움을
찾았어도 당신은
술래집으로 돌아갈 수 없습니다

지구가 더 기울지 않는 이유는

한여름인데 소녀 하나가
머리카락을 생으로 기르고 있다
4년이 넘었다

민둥산처럼
꿈이, 삶이 싹 밀려버린
소아암 환자에게 줄 선물이란다

이 일로 돌이켜 보니
70년대에 형들의 엄청난 장발은
아픈 세상에 선물하려는 투쟁이었구나

아하, 그래
권력은 한사코 장발을 잘랐구나

한 소녀처럼
그 시절의 형들처럼 아직
세상에는 가만히 머리카락을 기르는 사람이 있다

그래서
쓰레기 같은 욕심과 전쟁에 열 받아도
지구는 더 기울지 않는다

비 오는 오후에는 무엇을 하나요

아, 아− 예− 연지蓮池 주민 여러분
술 좋아하는 이장입니다

쉬면 삭신이 더 쑤시는
비 오는 오후에 마이크를 잡은 것은

비가 뭉친 물방울에 구르는
햇살 품은 홍련
잎 맞추는 소리 때문입니다

바람에 몸 뒤집고 출렁이는
홍련, 빗소리 같은
몸 부비는 신음 때문입니다

아, 아− 예− 연지 주민 여러분
모처럼 연잎을 올라탄 청개구리 같은 흥을 깼다면

대낮에 혼자 마신 막걸리가 아니라
뭐를 모르는 마누라, 아니 이놈 비 때문입니다

임문익

본명 임익문
1958년 익산 출생
1996년 『문학21』, 2021년 『문학청춘』 시부문 신인상 등단
현재 법무사(법무사 임익문 사무소)

이메일: imm1219@hanmail.net

비창 悲槍

설산의 눈 녹는 소리를 들으며 잠에서 깬다
푸른 고원의 기억이 안개처럼 피어오르는 저녁
쪽창을 열자
잠든 나뭇가지를 휘젓는
수리의 꼭두서니 빛
어리마리 다락방 창틀에 목을 내민
귀환 장정의 가슴에 눈이 내린다

먼 곳으로부터
한 친구가 술병을 옆구리에 차고
수레를 몰고 왔다
작살처럼 살아나는 유배의 나날들
개구리밥처럼 어두운 습지를 헤매다가
동쪽 평원으로 나아간다

거꾸로 선 창끝에 바람은 흐느껴 울고
달리는 말발굽 주악에 맞춰 몸을 날린다
출구 없는 격자 속에 스스로 갇혀
바위산이 무너지듯 밀려오는 분노는

들불처럼 타오른다

시방 거리에는 눈이 내리고
저 먼 창원槍原에도 눈이 내리는지
유배지 주먹밥에 서린 슬픔은
고슴도치 창밭에
작은 별꽃으로 피어난다

설산의 눈 녹는 소리에 깨어
키비츠를 나누는 저녁
별똥별 지는 푸른 하늘에
붉은 독수리가 날개를 친다

* 창원槍原: 고구려 2대 유리왕의 아들로 태자에 책봉된 해명解明이 유리왕
  으로부터 자결할 것을 명 받자 여원 동쪽 들로 나가 달리는 말에서 몸을
  날려 미리 꽂아둔 창에 찔려 죽었다. 후대에 그 들판을 창원이라 불렀다.

곰배령

하늘의 아들과 땅의 처녀가 만나
사랑하고 헤어지는 곳
새잎 나서 꽃대를 밀어 올리고
꽃 진 자리 옹이로 부활하는 곳
눈길 없어도
부르지 않아도
해마다 풀꽃은 지천으로 피어나고
너의 영혼이 깃든 나무 아래서
수리부엉이는 황혼녘에 날개를 펼친다*

참을성 많은 어머니 곰이
허연 배를 드러내고 누워 있는 곳
하늘과 땅이 맞닿은
곳곳마다 나무는 신성한 숲을 이루고
발바닥 언저리엔 옹달샘이 도란거린다

천 가지 만 가지 얼굴을 지닌 꽃동산에
늦은 산벚이 하늘하늘 지고 있고
홀애비바람꽃이 피고 있다

부상扶桑에서 함지咸池까지
금강초롱은 피고 지고
모데미풀꽃은 지고 피고
이름 없는 작은 풀꽃은 피고 지리니

나는 너의 이름을 하나씩 불러본다
별처럼 생겼대서 별꽃
그 옆에 나도 별이라고 우겨대서 너도별꽃
애기똥처럼 누렇고 향긋해서 애기똥풀
얼레리 꼴레리 놀려대서 얼레지
바위틈 양지쪽에 웃고 있어서 양지꽃

곧추선 등성이에 잔설이 녹고
다사로운 햇살이 내리는 날
나는 작은 풀꽃이 되어 기다릴지니
어머니 곰 품속에서
시들고 지친 얼굴을 보듬고
하염없이 기다릴지니

* 헤겔의 〈법철학〉 서문에 나오는 구절을 인용함.

송시올

2022년『문학청춘』시부문 신인상 등단

이메일: pride7578@hanmail.net

어머니의 호박

펑퍼짐한 보름달 담장 위에 올려놓았다

능글맞게 달달 볶아 저녁 밥상 위에
유년의 기억 기절하지도 않는다.
틀니 속에 감추었던 끼니들,
어머니 한숨 소리

간당간당 매달려 버둥대던걸.
똬리 틀어 살며시 올려주니
햇살을 꼭지에 이거나
빗소리 들으며
늘 그 자리
손 흔들어 마중하던
기다림으로 커져만 가는
뿌옇게 날이 밝아 올 때까지

둥근 만월을 안고 어머니 돌아오시며
나는 호박죽 안 먹는다.
일제 강점기 울분과 모멸의 틈에서 새어 나오는

홀로 삼킨 세월이 우르르 쏟아진다

목젖 붉은 꽃
가만히 귀 기울이면 뱃속에서 혼자 여문
달빛에 오래 삭힌 검은 독백이 고여 있다

가을 삽화

토함산 넘나드는
오색단풍 가을호 기차를 탄다

드높은 하늘, 활짝 핀 코스모스, 탐스런 사과
이정표 없는 열차에 앉아
나부끼는 숲으로 내어 달리니
이산 저산 무지개다리 있어
지상의 나무들 얼굴 붉히고, 잠시 쉬어
눈빛 고운 바람 바람을 빈칸에 채워 넣으니
노을을 한 아름 걷어온 봄날이
뜨거운 방언으로 여름을 밀어 놓는다
오색 부챗살 자지러진 몸매로
여우가 울고 심장 놀란 산새마저도
키 작은 감국화에 내려앉아
못다 핀 꽃송이 쓰다듬고
문득 선회하는 불국사역을 지나
석굴암 우듬지 간이역에
까치 소리 아득히 범종 소리다

임영옥

2022년 『문학청춘』 시부문 신인상 등단

2000wood@hanmail.net

꽃 장화

마을회관 마당에 천막이 쳐진다
탁자 몇 개와 의자들이 마당으로 나온다

마스크를 쓴 노인들이 띄엄띄엄 앉는다
노인들 앞에는 청색 장화 한 켤레와
그림물감이 놓여있다

이 물감으로 장화에 그림을 그려서 가지고 가시면 됩니다,
이장이 말했다

크레용으로도 그림을 안 그려 봤는데 …
그러게 물감으로 어떻게 그려,
한 노인은 손을 휘젓는다
못 그려도 좋아요 치매에 좋다 하니 한번 그려 봅시다,

호미 잡던 손 부추농사 짓던 손이 그림을 그린다
붓이 자꾸 미끄러진다 반들반들한 장화에 몇 번의 붓질이
닿아야 물감이 머무는 건지

서툰 붓질 속에서 채송화 비슷한 것이 나오기 시작한다
옥수수 이파리 감자꽃 토마토들이 나온다
어떤 장화는 노란 소국이 그럴듯하다
이장의 장화에는 루이뷔통 마크를 그려 명품장화가 되었다

이걸 신고 어떻게 진흙탕으로 들어갈꼬,
저물녘 노인들이 장화를 들고 일어선다

알록달록한 꽃 장화의 시간들이 저벅저벅 돌아가는 소리
들린다

환幻

자동차가 고속도로 입구에 들어섰다
이쯤인 것 같은데
차장 밖은 초록으로 가득했다

자동차가 야산 초록을 지나갔다
아 저기다
저 산자락에 집이 있었다

그 집에 간 적 있다

나는 대청에 앉아 있었다
방안에서 두런두런 어른들의 말소리가 들렸다
가끔 기침 소리도 들렸다

담장 밖이 환했다 계곡물이
살구나무 곁으로 흐르고 있었다
담장 위 훌쩍 큰 살구나무
살구들이 초여름 물소리를 듣고 있었다

나는 누운 채 계곡 물소리를 따라갔다
꽃 진자리에 초록감이 젖몽우리처럼 삐져나오고 있었다

큰집 오빠가 작대기를 던져 살구나무를 흔들었다
살구가 후두둑 떨어졌다 천지가 살구였다

그 이상한 대청에 앉아 살구를 먹은 적 있다

류은정

2022년 『문학청춘』 시부문 신인상 등단

이메일: jspoetess@naver.com

고래를 키워요

우편함을 열었다
고래가 입을 열어 기다린 적 없는 사람들을 토해낸다

읽지 않은 마음을 구겨버린다

익숙한 이름이 고래의 목젖에 걸린다
목구멍 안쪽에선 이름이 지워지는 중이고
이를 악물던 이름들이 납작하게 죽어간다

급히 숨을 불어넣지만
조금 부풀어 오르다 다시 납작해진다

바꾸기에 늦어버린 자세는
그대로 무덤이 된다

고래가 뛰어오를 때마다 물고기들이 흩어진다
무리를 잃은 물고기 하나 깊이 가라앉는다

나는 조그만 사람

고래는 날마다 나를 삼키지만
깊은 상처에도 새살은 돋는다

오래 열어보지 않은 우편함에서
말라가는 물고기를 꺼내 물에 담근다

비늘마다 새겨져 멈춘 이름이 있을 터
물결을 흘려보내자 이름들이
서서히 꼬리지느러미를 흔든다

비를 모으는 저녁
물길을 내는 이름

거리에서

횡단보도를
차들이 교차한다

갑자기 소나기가 내린다
빗소리가 심장 소리처럼 튀어 오른다
비에 젖은 잎이 몸을 털고 있는 사이
볕이
길 위를 구른다
상대의 목소리만 가득 채운 여자의 웃음을
도로 위에 널어둔 채
거리의 표정에 귀 기울인다
한낮이 빗물처럼 소멸해간다

어스름이 내린다
보도블록 깨진 틈을 메우는 어둠을 따라
모퉁이를 돌면
가로등이 발밑을 더듬는다
미처 돌아가지 못한
소리들이 빛 속으로 숨어든다

익숙한 길을 따라 걷다 보면
소리도 색을 바꾸는 지점과 만나게 된다
어둠이 뭉쳐 있다가
슬금슬금 길을 내주는 골목
크고 억센 소리들이 점령한 도로
이쯤이면
다음을 준비하기엔
충분한 여백이라고 말을 해본다

사방, 열린 문틈으로
바람이 기웃거린다

박순

1970년 강원도 홍천 출생
시인정신 사무국장
문학청춘 기획위원
한맥문학 편집위원
한국여성문예원 편집위원
(전)우리은행 근무
한국방송통신대학교 국어국문학과 졸업
서울시립뇌성마비복지관 작문교실 강사
2015년 계간『시인정신』시부문 신인상 등단
시집『페이드 인』『바람의 사원』
2021년 시인정신 우수작품상 수상 시집『페이드 인』
2023년 서울시립뇌성마비복지관 표창
2024년 제2회 서울시민문학상 본상 수상
이메일: psjasoon@hanmail.net

후스르흐*

　몸을 뚫고 나오는 여린 가지 하나하나 비스듬히 일어서는 새끼손톱만 한 꽃잎 등에 꽂히는 비릿한 문장

　배다와 베다의 이질적 블루스는 언제쯤 멈출 수 있나요

　아가, 울지 마라
　찬바람 불면 더 아프단다
　아가, 허리 틀지 마라
　비 내리면 더 아프단다

　머리를 어루만지는 갈라진 손바닥 깊게 팬 주름 사이로 어쩔 수 없이, 살아가야 한다는,

　가슴을 할퀴는 비명에
　뒤돌아서서 눈물 쏟으며
　휘청거리는 늙어버린 나무 저 나무

　우리아기착한아기우리아기착한아기우리엄마착한엄마우리아기착한아기우리엄마착한엄마우리엄마착한엄마우리엄

마착한엄마

  엄마, 엄마도 얼마나 무서웠어요

  * 마두금 연주와 따스한 손길로 마음 깊이 어미 낙타의 마음을 어루만져주는
    몽골의 전통이다.

be 동사+ing

잠결에 아기 울음소리에 눈을 떴다
어느 집에서 나는 소리인가 귀를 세워보는 새벽
베란다 안으로 밀고 들어오고 있는 그 소리

콘크리트 바닥에 고양이 두 마리가 붙어 있다
수고양이 성기에 돋아있는 가시, 울고 있는 암고양이
고양이야 도망가, 어서, **빨리,**

남자 인간도 원래는 성기에 가시가 돋아있었다
진화하며 하나둘씩 **빠졌던** 가시
순하디순한 시간을 거슬러
마음껏 휘두르며 예전의 가시를 다시 불러들이고 있다

가시 섞인 언어는 혀를 밀고 들어오고 있다
시도 때도 없이
상처를 주고받으며
여자 인간은 가시를 몸 안에서 키우고 있다
심장으로 뇌로 전이가 되어 간다

가시를 하나씩 세어 봐
뽑아내며 후, 후, 불어서 날려 봐
박혔던 감정이 네 몸을 죽이지 않게

하지만, 나의 자궁은, 여전히, 가시를 잉태 중

유념을 유념하다

뽕잎을 따서 뜨거운 물에 살짝 데쳐
200도가 넘는 가마솥에 쏟아붓는다
불붙은 심장을 서로에게 쏟아부었던 날도 있었다

손안에 쥐어 들고 위에서 아래로 살살 털어내듯
떨어뜨리는 뽕잎들
그러기를 여러 번 덖는다

당신과 난 어느새 몸과 마음을 덖으며 데이고 있다
넌 도무지 이해가 안 돼
욕실로 들어가는 당신의 발뒤꿈치를 보다가 고개를 돌린다

왼손바닥에 뽕잎을 놓고 고정한 채
오른손만으로 동그랗게 원을 그리며
뽕잎을 비벼 형상을 갖추어야 한다

비비면서 상처를 내야 더 진해지는 향기
마지막 남은 자존심까지 건드리며 바짝 날을 세운다
손톱과 발톱으로 할퀴는 어둠의 시간

각자의 감정을 휘발시키지 못하는 미완의 시간
유념의 과정이 충분치 않은 당신과 난
제대로 어울리지 못하며 하루를 살아가고 있다

오늘도 난 혀에 겉도는 차를 우려내며 유념을 유념留念하
며 살고 있다

서형자

2023년 『문학청춘』 시조부문 신인상 등단

이메일: 9988heart@naver.com

일출

돋섬 위 아침 해가
오늘로 솟아난다.

어쩌면 내일은 모르겠다는 하루살이

말갛다
밤을 뚫느라
잠 한숨 못 잔 너

모감주 꽃

새들이 쉬었다 간
횟수만큼 피었던가

낮달과 눈 맞춘 날
그토록 깊었던가

초록 비
온몸으로 맞고
몸을 떠는 저 침묵

시인이 사는 집

탱고 춤 꺾임의 자세
맞잡은 손 펼치듯

책등은 서 있다가
서서히 눕는 자세

경유지 우편함에서
기다림을 배운다

김육수

강원 고성 출생
국립강릉대학교경영정책대학원 법률정책학과 석사과정수료
국립강릉대학교 생명과학대학 행정실장 등 역임
2023년『문학청춘』시부문 신인상 등단
현재 청하유통 운영 중

이메일: kimys9299@naver.com

저녁이라는 말들

숲속에 걸친 빛 물려가고
어둠이 채워지는 산길로
저녁이라는 말들이 길게 드리운다

산모퉁이에 자그마한 집 굴뚝에서
뭉게뭉게 피어오르는 연기는
환했던 낮과 저녁 사이에 태어난 말들,
그 수련한 말들은 허공의 빈 의자를 찾아간다

산 그림자가 지워진 저녁 하늘
풀벌레 울음소리가
오두막에 쉬고 있는
한낮의 말들을 지우고
저녁이라는 말들이 울고 있다

어깨를 다독이는 달빛을 품고
소로小路로 가는 상처 난 영혼들
걷는 발걸음 소리조차 부담스러워

바람길 따라 침묵 속에 간다

아직은 밤이라고 말할 수 없는
물렁한 저녁의 말들은
허공의 빈 의자를 채우고 있다

새벽길

제각각 사연 안은
첫차가 오기 전
밤이슬에 입술 촉촉이 적신 거리
안개가 몸을 맡긴다

밤새 설친 잠 털고
하루의 틀 벗기는
풀무질이 시작된다

떠나는 어둠의 소리
가로등은 등을 돌리고
등짐에 눌린 두부장수의 목소리
짙은 바람이 훑고 간다

시끄러운 시간 둥지 틀기 전
새벽 별은 긴 뜨락 지나고 있다

조성미

인천 출생
인하대학교 국어국문학과 졸업
2023년 『문학청춘』 시부문 신인상 등단

이메일: moonbook21@hanmail.net

홍옥의 계절

　새빨간 사과를 제일 좋아한다는 고백으로
　중학교 생활이 시작되었다

　내 앞에 펼쳐지는 일들을 그대로 받아들이고 붉게 달아오
르는 뺨 장미 꽃잎처럼 더욱 붉어지던 그때

　붉고 단단한 과육을 베어 물 때마다 쏟아지던 행복 어머
니의 홍옥은 유난히도 달았다

　달기만 해서는 홍옥이라 할 수 없었다 신맛까지 더한 새
침한 맛이 혀에서 머릿속 가득 번질 때
　별이 솟아나 반짝이듯 꿈꾸는 듯 두 눈을 감았지

　천 원 한 장이면 한 봉지 가득 들어있던 그 홍옥이 아니라
면 느낄 수 없는
　내 혀는 홍옥의 과거를 기억한다
　내 머릿속 미각의 지도는 초등학교 때 그려졌다

　홍옥 속의 애벌레 소스라치도록 얄미웠지만 그들은 열 살

먹은 여자아이를 온통 지배했다

　홍옥, 하고 부르면 행복한 과일가게마다 홍옥으로 넘쳐날
것만 같은데
　내 무대가 마련되어 다시 새빨간 사과를 사랑한다는 고백
을 할 수 있다면

　오늘의 사랑은,
　과거에 대한 사랑이라고
　지금은 만날 수도 없는
　지독한 사랑에 다름 아니라고 슬몃 고백을 할 텐데

라라

아침마다 남쪽 창가에 날아와
한 목소리로 노래하고는 날아가는 새
그는 하루도 거르지 않고 한 시간 남짓 지저귀고는
제 갈 길을 간다

새의 이름을 알고 싶어서
그의 소리를 녹음기에 담은 적이 있다
그런데도 새의 이름을 알 수 없었다

늦봄부터 찾아와 한여름을 나고 가을 무렵이면 잘 날아오
지 않다가
겨울이면 먼 데 고향을 찾아갔는지 보이지 않는다

새의 이름이 알고 싶어서 나는 몰래 옥상으로 올라가
새의 그림자를 찾아보았으나
그는 보이지 않았다

파랑새를 닮았을까
비둘기처럼 몸집이 있을까

한 목소리는 일정한 간격을 타고 녹음기에서 흘러나오는데
그는 어디에도 없다

그의 계절은 먼 곳에 있다

창문 너머 하늘을 가로질러 철새가 줄지어 이동하는 계절
그의 시계에 남쪽 창가에 머문 시간들이 기록되어

수봉산에 머물다 가는
바람 햇살 공기
온도를
깃 속에 숨겨 갔을지도 모를 일

그에게서 한 가지 알아낸 것이 있다면
그의 소리는 라 음계에 해당된다는 것

그에게 붙여준 이름 라라
한 목소리 부르는 그대로 라라

양말 가게

지하상가 그 모퉁이엔
양말 가게 무지갯빛 진열대에 매달려 있는
양말들 세 켤레를 사면 오백 원을 더 깎아주는
친절함 뒤에

월세를 독촉받는 양말들의 주인을

보았다

양말의 하루를 양말의 월요일과
일요일을 다 알 순 없어도 양말의 생활
속으로 양말의 기쁨과 선택

회전목마를 타고 지나가는 봄

여름이 오기 전에 양말들은 모두 어디로 갔는지
양말은 아직 세상 여행을 더 하고 싶은걸

양말 가게에서 떨이로 팔고 있는 주인의

얼굴을 지나가면서 본다 양말 가게에는 양말이
얼마 남지 않았다

양말 가게엔
간판이 바뀌고 새로 인테리어를 하느라
바쁘고 새롭게 진열된 여름 아이들의 옷들이
희고도 푸르게 주인을 기다리고 있는

지하상가 그 모퉁이 예전의 양말 가게엔

이선국

강원도 고성 출생
한국방송통신대학교 법학과 졸업
2012년 『문학청춘』 수필부문 신인상 등단
한국문인협회 회원, 문청작가회 회원, 고성문학회 고문,
물소리시낭송회 대표
2022년 〈새밝문학상〉 수상
저서 『길위에서 금강산을 만나다』 『고성지방의 옛날이야기』
수필집 『짬바리를 아시나요』 등 다수

이메일: skl2425@naver.com

어디로 갈까

명절 문화가 달라지고 있다. 가족 친지들이 모여 차례를 지내고 덕담을 나누는 풍경이 아니라 연휴 휴가를 즐기거나, 가고 싶은 여행지를 찾아 나서거나, 영화관을 찾거나, 개인적인 취미활동 시간으로 활용하는 풍조로 바뀌고 있다. 어디로 갈까. 오랜 전통과 미풍양속으로 전해지던 우리 민족 고유 명절 풍경이 새로운 여가 문화에 흔들리고 있다.

가족공동체의 연대감과 구심점을 확인하는 것이 명절이 갖는 고유의 의미일 것이다. 그 시간을 통해 씨족의 만남을, 혈육의 가계와 전통을 확인한다. 그런 문화가 유전처럼 오래도록 이어져 왔다. 그것이 명절에서 얻는 지혜이고 가족들에겐 가장 중요한 연중행사가 아닐 수 없다. 그런 공동체 문화의 양상이 막다른 절벽으로 내몰리고 있다. 물론 지금껏 전통문화는 시대에 따라 진화를 거듭해 왔다. 하지만 해마다 조금씩 바뀌어 왔고 지금도 여전히 변화하는 현재진행형이다. 유감스럽게도 앞날이 그리 밝지만 않다. '우리'라는 공동체보다 '나'라는 개인이 더 중요한 가치가 되었고, 사생활이란 보호막으로 그 문을 잠갔다. 수십 년 후엔 어떤 모습으로 가족공동체 문화가 남아 있을지 지금의 상황으로 미루어 보면 마음이 무겁다.

전래 우리 명절, 하지만 그 이면에는 가사노동을 전담하는 여인네들의 수고가 있었기 때문에 가능한 일이었다. 근래 들어 가사 전담 주부가 거의 사라지고, 여성들조차 부엌에서 나오고 사회 참여가 점점 늘어나면서 그런 전통을 기대하기 어렵다. 부연하면 이제 종전 가사 전담, 그런 모습을 기대하는 것은 욕심이고, 가부장적인 사회 풍토의 전통이 가졌던 불편한 진실이 아닐 수 없다.

대부분 장자長子가 봉사奉祀의 책무를 맡았다. 하지만 요즘 장자가 아닌 다른 형제가 봉사의 책무를 지는 경우도 있다. 제사 음식도 직접 만드는 것이 아니라 전문 음식 제조사에 맞춰서 치루는 집이 늘어나고 있다고 한다. 정작 누구도 그에 대해 손사래를 치는 분위기도 아니다. 결국 가족들도 모이지 않는다. 종전에는 차례 또는 제사 때문에 모였지만 그 의례가 사라지자 모일 명분조차 없어진 것이다.

그렇다고 명절 음식을 준비하고 많은 식구들이 오가는 일에 맏이라는 지위 때문에 오롯이 온갖 수고를 부담하는 것 역시 바람직하지 않다. 이런 힘든 가사노동과 준비 때문에 명절 증후군이란 병명이 있을 만큼 사회적 논란을 불러오는 것도 엄연한 현실이다. 그로 인해 가족 간 불화의 원인이 되기도 하고 지워지지 않는 마음의 상처로 곤혹스런 경우를 겪는 일을 주변에서 쉽지 않게 본다. 그런 가사노동과 비용 문제뿐만 아니라, 때론 종교적인 이유로 차례를 기피하는 경우도 적지 않다. 조상신을 모시는 것이 교리에 어긋난다고 종교적인 이유를 들어 제사를 거부하고 그로 인해 가족 간

불화의 불씨가 되기도 하는 일 역시 입맛 씁쓸한 모습이 아닐 수 없다.

장자라고 모든 책무를 지고 봉사奉祀하는 것 역시 마땅하다고 볼 수도 없다. 종전 가부장적인 사회 풍토가 만들어 놓은 책무를 고스란히 지고 사는 일, 그 일을 함께 거두어야 하는 가족의 봉사와 노동 역시 옳다고 볼 수는 없다. 그런 관점에서 가부장적인 사회 구조의 변화와 가족 문화의 분화는 장자 중심 문화를 바꿔 놓고 있다. 민법상으로도 봉사 명분으로 장자 상속 지분에 대한 특혜도 없어진 지 오래다.

따지고 보면 제사라는 것이 종교적인 측면에서 시작됐다고 보기보다는 조상들에 대한 예의에서 비롯된 것이라는 해석이 더 설득력을 가진다. 다만 그 형식이 유교적인 방식을 채택하고 있을 뿐이다. 고전적으로 부족 내 일부 제사장의 역할이나 종교의식의 한 방편으로 치부함으로써 기존 종교 교리와 충돌한다는 것 역시 논리 비약이고 모순이다. 신을 모시고 숭배하는 것이 아니라 지금 자신을 있게 한 조상들에 대한 감사 표시의 단순한 의례라고 보는 것이 더 옳다. 그것은 보통 과거 현재 미래에 대한 시제의 현상을 확인하는 것일 뿐이다. 그것은 결코 조상신을 숭배하는 일이 아니다.

결국 차례는 전통적으로 감사와 보은의 시간으로 인식하는 것이 옳다. 그래서 그 만남을 사회적으로 보장하기 위해 명절을 지정했고, 그동안 명절 문화를 즐길 수 있도록 한 것이다. 일하던 것을 잠시 멈추고 삼삼오오 달려가서 그 고향 가족과 친지, 친구들을 찾아 덕담을 나누고 정을 주고받는 일, 집안 또는 동네별로 행사를 벌이던 문화가 미풍양속으로 전해지던 것이 명절이고 아름다운 민족 고유문화로써 오랜 전통이 된 것이다.

그러나 언제부턴가 그런 일들이 귀찮고 번거롭고 부담스럽다고 제사도 없애고 가족들의 만남조차 부담스러운 명절로 전락하고 있는 것이다. 더불어 함께 살아가는 명절, 살맛 나는 명절이어야 하는데 죽을 맛의 명절이 되는 듯해 안타깝다.

명절 때마다 어김없이 민족의 대이동이 벌어진다. 차표는 매진이고 귀성 차량으로 길바닥이 주차장이 된다. 하지만 양손에 고향 선물 대신 개를 끌어안고 삼삼오오 몰려다니며 함께 여행을 즐기고 적당한 식당을 찾아가서 식사하거나 여가 활동 시간 또는 여행 문화로 그 명절이 변신하고 있다. 어디로 갈까. 대부분 관광지가 명절 특수에 호황을 누리는 시간이 되었다.

명절 연휴를 형식적인 의례에서 해방된 사람들은 단순한 휴가 기간으로 여긴다. 차례는 구태의연하고 귀찮고 불필요한 의식 정도로 평가 절하하고, 실리적인 측면을 앞세워 명절 부담에서 해방감을 찾는 세태로 바뀌고 있는 것이다. 일상에서 편리함을 좇는 행태가 가족공동체 문화의 불편함을 이유로 갈수록 진화하는 것을 나무랄 수 없는 일이다.

이제 고유 민족 명절이란 의미는 설 자리가 없다. 그를 빙자해 허락된 연휴일 뿐이다. 기간 동안 여행을 즐기거나 개인적인 여가 활동 시간으로 자리매김 되어가고 있다. 단순하게 휴가를 즐기는 일만 있을 뿐이다. 하지만 아름다운 우리 민족 고유 명절, 그 전통문화를 슬기롭게 이어가는 지혜가 더 필요한 일이 아닐까.

최정옥

1941년 평안남도 출생
『수필문학』2022년 『문학청춘』수필부문 신인상 등단
수필집 『프리지어 꽃 필때면』

이메일: cjo4118@naver.com

아름다운 십일월

십일월에는 나뭇잎이 오색으로 물든다. 늦가을과 초겨울이 겹치는 달이다. 산이 그리고 들판이 모두 아름다움의 극치다. 가을이 서서히 깊어가면서 겨울 채비를 하는 달이다. 24절기 중 입동과 소설이 들어있고 농촌은 수확기가 끝나 추수동장秋收冬藏의 느긋한 분위기에 젖는다. 진한 추위는 느껴지지 않지만 찬 기운이 감돈다.

세시풍속으로는 음력 시월로 상달이라 하여 예전에는 산천에 수확제를 올렸다. 일반 가정에서도 햇곡식으로 시루떡을 만들어 고사를 지내고 이웃 간에 서로 나눠 먹었다. 오곡백과가 풍성하니 마음까지 넉넉해지지 않겠는가.

끝 달 십이월이 남아 있으니 아직은 여유가 있다고 느긋한 마음을 가져 본다. 어디를 가나 나무들의 화려한 옷 자랑이 한창인데 잎이 무성한 감나무 밑에 서 있기만 해도 건강해질 것 같다.

늦가을 눈 부신 햇살이 가로수 잎을 노랗게 물들여 놓았다. 길을 걷다 보면 곱게 물든 단풍이 보도 위로 바람에 흩날린다. 그 낙엽을 잡으면 소원이 이루어진다고 하여 손 내밀어 본다. 햇살이 따스해서 포근함을 느낀다.

어린 시절이 생각난다. 형형색색의 낙엽을 책갈피에 켜켜이 놓아두면 가을을 한 아름 걷어다 책 속에 넣어둔 기분이다. 혼자만 늘려가며 가을을 즐기는 것 같았다.

가로수 은행나무에 망을 높이 쳐 놓았다. 은행 열매가 마구 떨어져 보도가 지저분하고 고약한 냄새가 나기 때문이리라. 나무마다 전부 쳐 놓은 것은 아니다. 드문드문 쳐 놓은 것을 보니 암나무에만 했지 싶다. 은행알이 떨어져 망에 모이면 손질하여 유용하게 쓰이리라. 그동안에는 익은 열매가 떨어져 주변을 어지럽히면 미화원이 쓸어버리는 것이 아까웠었다.

나는 육 남매 속에서 혈육의 정을 맘껏 누리며 자랐다. 오빠 언니 남동생 여동생 부러울 것 없는 가정이었다. 특히 우리 세 자매는 눈싸움 한번 안 하고 사이좋게 지냈다. 밤송이 안에 꽉 찬 세 톨의 밤처럼 친밀했다.

제사상에 올라갈 밤은 한쪽이 납작한 것이어야 한다. 외톨이로 자란 동그란 알밤은 사용하지 않는다. 밤송이 안에서 사이좋게 자란 밤이라야 형제간에 우애가 있다고 믿었기에 조상의 제물에도 골라 썼나보다. 여러 형제자매 속에서 자란 우리는 한 면이 납작한 밤처럼 쓸모 있게 자랐지 싶다.

각자 결혼을 하고도 맏언니는 가운데 자리 잡고 두 동생이 양쪽에서 받치듯이 옹호하면서 우리 자매는 우애가 남달랐다. 어려운 일은 서로 도와줘서 해결하고 자주 만나서 같이 식사하고 노래방도 가고 친밀하게 지내는 태평세월이었다. 주위 분들이 부러워할 정도였으니까. 우리가 헤어질 때가 반드시 온다는 사실을 그 시절에는 상상도 못 했다. 세월은 모든 현상을 바꾸어 놓았다.

언니는 팔십을 앞둔 어느 날 갑자기 극도의 불안을 느껴 죽을 것처럼 공포감을 느낀다고 호소했다. 그런 증상이 자주 보여 병원을 드나들었다. 병명은 '공황장애'였다. 그것이 치매로 발전될 수 있다는 사실을 그 당시에는 몰랐다.

입원과 퇴원을 반복했지만 상황은 좋아지지 않고 나쁜 쪽으로 발전하여 치매 진단을 받고 말았다. 세상이 허무했다. 그토록 똑똑하던 그녀가 하루아침에 성질 고약한 어린아이가 됐다. 형제도 알아보지 못하는 모습에 하루하루가 꺼져가는 듯 절망감이 엄습해왔다. 점점 심해지더니 오 년이 지난 작년 십일월에 영면했다.

공교롭게도 생일인 11월 26일이었다. 장지의 사무실 직원이 주민등록증의 날짜와 장례 날을 보면서 흔치 않은 일이라고 했다. 태어난 바로 그날에 본향으로 가는 걸음걸음이 모두가 오색단풍 속으로의 찬란한 길이었으리라. 이승에서의 길이 결코 순탄치 않았었기에 더욱 애절했다. 십일월은 아름다운 계절 속에 있는 친근한 달이지만 작년 2021년은 잔인한 달이었다. 양날의 칼처럼 환희와 쓰라림이 공존했다.

병원에 가면 의사에게 여기저기 불편한 곳을 호소하며 엄살을 부려본다. 의사 선생님 하는 말이 "아무리 그래도 구십은 사셔요."한다. 그 말을 들으니 구십이 끝이라면 마지막 달 십이월에 해당하고 지금 시절이 바로 전달인 십일월이라는 생각이 언뜻 스친다. 현재 십일월을 살고 있음인가 하여 더욱 애착이 간다.

계절 중에 가장 밝고 찬란한 때가 가을이다. 그 속의 십일월은 한해의 마지막에 가깝기에 의미가 있다. 깊은 맛이 난다. 그것은 자연에서 흠뻑 느낄 수 있다. 가을빛이 내 등을 쓰다듬을 때 엄숙하고 차분해진다.

아름다운 단풍이 낙엽이 되는 순간 나무는 청청했던 때를 꿈꾸지 않을까. 푸른 잎이 낙엽이 되어 쌓이는 쓸쓸한 모습을 보며 현 시절을 알차게 보내도록 노력하자. 끝 달을 위해 조용히 순종하는 11월을 예찬禮讚하고 싶다. 아-아 아름다운 십일월이여 그 찬란함이여.

문학청춘작가회 회칙

제1장 총칙

제1조(명칭) 본 회는 '문학청춘작가회'라 칭한다.

제2조(목적) 본 회는 '문학청춘'으로 등단한 문인들의 문학적 소양을 증진시키기 위한 상호 교류의 터전을 마련하고 회원들의 모지인 문학청춘과의 상호 발전을 도모함을 그 목적으로 한다.

제2장 회원

제3조(회원의 자격) '문학청춘'을 통해 등단한 문인들을 원칙으로 한다. (단, 타 문예지로 출신자 중 희망하는 작가가 있으면 임원회의 심의를 거쳐 회원자격을 가질 수 있다.)

제4조(권리) 회원은 총회를 통하여 본회의 운영에 참여할 권리를 가진다.

제5조(의무) 회원은 본 회에서 정한 사업에 참여하며, 회칙 및 의결 사항을 이행하고 회비를 납부하는 의무를 지닌다.

제6조(자격상실)

1. 탈퇴 의사를 밝힌 경우
2. 회원으로서 품위를 손상시키는 행위를 한 경우
3. 회원이 개인 사정(해외 출장, 사업, 학업, 가정형편, 육아 등)으로 일시 탈퇴, 또는 활동 중지하였더라도 사정이 변하여 재가입 의사를 밝히면 당해 년도 회비만 납부하고 다시 활동할 수 있다.

제3장 기구

제7조(총회)

1. 총회는 본 회의 최고 의결 기구로서, 회원으로 구성한다.
2. 정기총회는 연 1회 소집하여 개최하는 것을 원칙으로 한다. (단, 회장의 요청으로 단체카톡방에서 개최할 수 있다.)
3. 임시총회는 임원 1인 이상, 회원 5인 이상의 요청으로 단체카톡방에서 개최할 수 있다.
4. 총회는 사업계획, 임원 선출, 예산편성 및 결산, 회칙 개정, 기타 중요한 사항을 심의 의결한다.
5. 총회는 재적 회원 과반수의 출석으로 개최하고 출석 회원 과반수의 찬성으로 의결한다. 단, 회원은 위임장을 통해 의결권을 다른 회원에게 위임할 수 있다.

제8조(이사회)

1. 임원회는 고문, 명예회장, 회장, 부회장, 사무국장, 감사로 구성한다.
2. 임원회는 회장이 필요하다고 인정할 때나 임원 과반수의 요구가 있을 때 소집한다.
3. 임원회는 총회 의결 사항의 집행, 총회에 부의할 안건의 예비심사, 업무 집행 및 사업계획 운영, 기타 중요사항을 의결한다.
4. 임원회는 임원의 1/2 이상 출석으로 개최하고 출석 인원 과반수의 찬성으로 의결한다. 단, 임원은 위임장을 통해 의결권을 다른 임원에게 위임할 수 있다.

제4장 임원

제9조(구성) 본회는 회장, 부회장 3인, 사무국장, 감사, 고문, 명예회장, 자문위원을 둔다.

제10조(회장)

  1. 회장은 정기총회에서 선출하고 그 임기는 2년으로 하고 연임
     할 수 있다.

  2. 회장은 본 회를 대표하며 본 회의 업무를 총괄한다.

제11조(부회장)

  1. 부회장은 임원회에서 추대하고 그 임기는 2년으로 하고 연임
     할 수 있다.

  2. 부회장은 회장을 보좌하되, 회장 궐위 시에는 연장자가 업무
     를 대행한다.

제12조(감사) 정기총회에서 선출한다.

제13조(고문) 전임 회장 이전의 회장들은 고문으로 둘 수 있다.

제14조(명예회장) 전임 회장을 명예회장으로 둘 수 있다.

제15조(자문위원) 김영탁 주간, 이수익 시인, 김기택 시인

  1. '문학청춘' 발행인 또는 주간을 자문위원으로 둔다.

  2. 자문위원은 발행인 추천으로 임원회에서 추대하고 임기는 별
     도로 정하지 않으며 회장과 임원회의 자문에 적극 협조한다.

제5장 재정

제16조(수입) 본 회의 재정은 회비, 찬조금, 기금, 기타 사업 수익으로
     한다.

제17조(지출) 문학청춘작가회와 관련된 비용으로 한다.

제18조(회비) 본회의 회비는 연회비로 납부한다.

  1. 회원의 회비는 연회비로 20만 원을 납부한다.

제6장 사업

제19조(동인지 발간) 본 회원들의 작품(시와 산문)을 엮어서 매년 1회

동인지로 발간한다.

제20조(문학기행) 연 1회 회원들이 거주하는 지역을 중심으로 문학기
행을 한다.

제21조 동인지 발간 및 문학기행은 참가 회원 중심으로 실시한다.

부칙

1. 본 회칙에 규정되지 않은 사항은 관례에 따른다.

2. 본 회칙의 개정은 이사회 혹은 재적 회원 1/3 이상의 요구에
따라 발의할 수 있으며, 총회에서 출석 회원 2/3 이상의 찬성
으로 의결한다.

3. 본 회칙은 본 회의 제1차 정기총회의 의결을 거친 날로부터 효
력을 발생한다.

4. 2017년 7월 8일 정기총회에서 논의된 내용은 차기 집행부가
권한을 위임받아 이사회를 거쳐 개정 공지한다.

5. 본 회칙 개정은 2024년 1월 14일에 임원회의 의결을 거쳐
2024년 1월 15일부터 적용한다.

문학청춘작가회 발자취

2015. 6. 16. 계간 『문학청춘』 사무실에서 유담 시인과 김영탁 주간이 '문학청춘작가회' 창립 발의

2015. 7. 14. '문학청춘작가회' 창립준비위원 5인(유담 · 이태련 · 홍지헌 · 류인채 · 김영탁) 1차 창립 준비모임. 고문(이수익 · 김기택 · 김영탁) 위촉.

2015. 7. 28. 2차 준비모임(김선아 시인 동참)

2015. 8. 18. 3차 준비모임(창립취지문 및 창립총회 최종 점검)

2015. 9. 5. 문학청춘작가회 창립 총회
초대회장 : 유담 시인.
부회장 : 이태련 수필가 · 홍지헌 · 김선아 · 류인채 시인
홍지헌 시인 시집 『나는 없네』 발행

2016. 7. 3. 제2회 정기총회
양민주 시인 시집 『아버지의 늪』 발행
백선오 시인 시집 『월요일 오전』 발행
류인채 시인 시집 『거북이의 처세술』 발행

2017. 7. 8. 제3회 정기총회
제2대 회장 : 민창홍 시인
부회장 : 김요아킴 · 손영숙 시인
지역이사 : 이선국 수필가, 양민주 시인
동인지 편집장 : 류인채 시인

2017. 11. 4. 임시총회
정기총회 날짜를 계간 『문학청춘』 창간 기념 행사에 맞추기로 함.

김요아킴 시인 시집 『그녀의 시모노세끼항』 발행

손영숙 시인 시집 『지붕 없는 아이들』 발행

김선아 시인 시집 『얼룩이라는 무늬』 발행

2018. 1. 20.　문학기행 – 경남 창원 일원 8명 참가(경남문학관, 마산 시의 거리, 문신미술관)

김미옥 시인 시집 『어느 슈퍼 우먼의 즐거운 감옥』 발행

민창홍 시인 시집 『캥거루 백을 멘 남자』 발행

이나혜 시인 시집 『눈물은 다리가 백 개』 발행

2018. 11. 17.　문청동인지 창간호 『눈가에 가지 끝 수관 하나 심으면』 발행

제1회 문학청춘작가회 동인지 우수작품상 유담 시인 수상

2019. 6. 15.　문학기행 인천광역시 일원(차이나타운, 동화마을, 자유공원, 월미도)

2019. 11. 9.　문청동인지 2호 『그날의 그림자는 소용돌이치네』 발행

제2회 문학청춘작가회 동인지 우수작품상 김미옥 시인 수상

2019. 11. 9.　정기총회

민창홍 회장 연임. 이일우 회원 수석부회장 추대

2019. 12.　류인채 시인 시집 『계절의 끝에 선 피에타』 발행

유담 시인 산문집 『늙음 오디세이아』 발행

이강휘 시인 시집 『내 이마에서 떨어진 조약돌 두 개』 발행

2019. 12. 27.　손영숙 시인 대구문학 올해의 작품상 수상

2020. 4.　김요아킴 시인 시집 『공중부양사』 발행

이우디 시인 시집 『수식은 잊어요』 발행

2020. 6. 1.　추천 심의를 거쳐 충주에서 활동 중인 박상옥 시인 입회

2020. 10. 9.　김선아 시인 〈의제헌 김명배 문학상〉 수상

2020. 10. 18.　김요아킴 시인 제9회 백신애창작기금 받음

2020. 12.　문청동인지 3호 『고양이가 앉아 있는 자세』 발행

제3회 문학청춘작가회 동인지 우수작품상 민창홍 시인 수상

2021. 4. 2   이일우 시인 시집 「여름밤의 눈사람」 발행

2021. 7. 22   전병석 시인 시집 「천변 왕버들」 발행

2021. 12.   동인지 4호 「참꽃」 발행

제4회 문학청춘작가회 동인지 우수작품상 이일우 시인 수상

2022. 1. 25   민창홍 시인 시집 「고르디우스의 매듭」 발행

2022. 10. 20   김석 시인 시집 「괜찮다는 말 참, 슬프다」 발행

2022. 10. 31   박언휘 시인 시집 「울릉도」 발행

2022. 11. 11   김미옥 시인 시집 「목련을 빚는 저녁」 발행

2022. 11. 11   최정옥 수필집 「프리지어꽃 필 때면」 발행

2022. 12. 24   전병석 시인 시집 「화본역」 발행

2022. 12.   엄영란 시인 시집 「장미와 고양이」 발행

2022. 12.   동인지 5호 「파킨슨 아저씨」 발행

제5회 문학청춘작가회 동인지 우수작품상 손영숙 시인 수상

2023. 9.   유담 시인 산문집 「의학에서 문학의 샘을 찾다」 발행

2023. 10.   곽애리 시인 시집 「주머니 속에 당신」 발행

2023. 11.   손영숙 시인 시집 「바다의 입술」 발행

2023. 11.   양시연 시인 시집 「따라비 물봉선」 발행

2023. 12.   동인지 6호 「성지곡 수원지」 발행

제6회 문학청춘작가회 동인지 우수작품상 김요아킴 시인 수상

2024. 6.   김육수 시인 시집 「저녁이라는 말들」 발행

2024. 12.   동인지 7호 「비옥肥沃, 비옥翡玉」 발행

제7회 문학청춘작가회 동인지 우수작품상 김선아 시인 수상

황금알 시인선